U0918903

山海吟歌

张立 作品

图书在版编目（CIP）数据

山海吟歌/张立著. —长沙：湖南文艺出版社，
2011.9
ISBN 978-7-5404-5070-0

Ⅰ. ①山… Ⅱ. ①张… Ⅲ. ①诗集-中国-当代
Ⅳ. ①I227

中国版本图书馆CIP数据核字（2011）第154753号

上架建议：当代文学·诗歌

山海吟歌

著　　者： 张　立
出 版 人： 刘清华
责任编辑： 丁丽丹　刘诗哲
监　　制： 蔡明菲
策划编辑： 黄鸿涯
装帧设计： 利　锐
出版发行： 湖南文艺出版社
（长沙市雨花区东二环一段508号　邮编：410014）
网　　址： www.hnwy.net
印　　刷： 北京京都六环印刷厂
经　　销： 新华书店
开　　本： 787×1092　1/16
字　　数： 100千字
印　　张： 20
版　　次： 2011年9月第1版
印　　次： 2011年9月第1次印刷
书　　号： ISBN 978-7-5404-5070-0
定　　价： 29.80元
（若有质量问题，请致电质量监督电话：010-84409925）

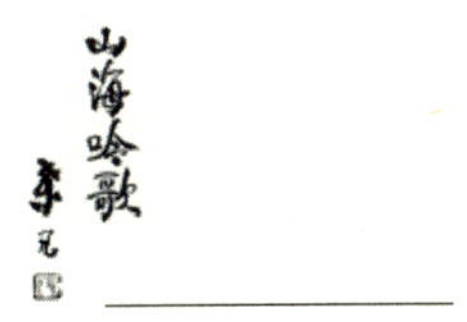

自　　序

这是一本利用业余时间写的，仅具有业余水平的诗集，我把这业余水平称之为：尚未入业余段位的业余选手。不论怎样，这本诗集能够出版，自己还是比较高兴的。好比是农民，辛勤了一季，就盼着收获的心情一样。又像是种了一棵树，终于结了点果子，虽然稀稀疏疏，但也是有了收获。这既是人生的一种经历，也是一种值得珍藏的感情和思想。在写诗的过程中，自己不但收获着快乐，而且也不断地充实各个方面的知识，丰富自己的思想，渐进地提高着自己人生的境界和生活的态度，因而，这才是最大也是最根本的收获。

每个人的爱好不同，我比较喜爱诗歌。喜爱的理由则是因为这种文体短小精悍，便于利用业余时间，见缝插针地去写作。同时，也由于诗歌强于抒情的特性，更易于表达个人的喜怒哀乐及思想，它较强的主观性和抒情性，决定了它具有较强的感染力。

写诗是一种偶然。记得在“文革”初期，正是大破“四旧”之时，自己竟借到了一本《杜甫诗选》。虽然当时仅有十岁左右，还不能看懂，但不知是何种原因，自己非常喜欢。不但认真地阅读，而且还把每一首诗及其注释都抄到了日记本上，对于不认识的字还一一进行了注音，这也许就是最初的诗歌启蒙。这是一颗幼小而又顽强的种子，几十年来不曾间断的成长。特别是改革开放之后，更是为这颗种子的成长提供了良好的文化沃土和成长环境。

收在这本诗集里面的诗，基本上是2000年至今所写的一些东西，之所以是在这十年间而不是另外的十年写出这些东西，关键是：诗是一种文化的积淀，是一种阅历的累积，是一种世界观的体现，也是一种审美情趣的追求。年少时，正逢“文革”，书读得少，知识浅薄，孤陋寡闻，不要说写诗，就是读诗也是一种十分困难的事。改革开放后，读书的机会更多，更丰富了。而且随着工作阅历的广泛，知识的累积，世界观的确定，也就有了更多的时间去学习，去思考，去游历。所以说，如果过去写诗即使能写出来，也是一种“强说愁”，而现在则是感情自然的表露。

写诗是一种喜爱，一种抒发。年轻时尝试写诗，主要是写新诗。但后来感到新诗有许多需要向“古体诗”学习的地方，为了这一目的，自己进一步对古诗进行了学习，也终于被“古体诗”所俘虏，开始了“古体诗”的写作。“古体诗”是有许多讲究和自身规律的诗体，写作“古体诗”应当遵循它的基本规律，以十分严肃的态度，不断地加以学习和创造。但限于个人满足于业余水平，不求甚解，缺乏古人那种“吟安一个字，捻断数茎须”的吃苦劲儿，所以在诗集中许多诗缺乏雕琢，不够细雅，句式缺乏变化，格律平仄也不甚注意，许多诗也缺乏意境的进一步锤炼，这也许是这本诗集的主要毛病。

本诗集中的诗大体上可分为三类：一类是记游诗，这部分诗所占篇幅较多；一类是农村题材的诗，这和自己的工作有关；另一类则是平常对某些问题的思考和感悟。所有的诗一律按写作时间先后排列。

当今社会是一个物欲横流的社会，能保持一份平静、一份超脱、一份自然、一份追求，做一个本本分分，真正具有自我的人实属不易。但是我当努力追求之，这是学诗过程中带给我的收获。

孔子说：三十而立，四十不惑，五十而知天命，六十而耳顺，七十而从心所欲，不逾矩。他告诉了我们人生的各个阶段应当达到的不同的境界。

我且用下面这首小诗，作为序文的结束：

人生五十称好景，自信豪情比花红。

愿将余生做雄笔，挥写霜天竞峥嵘。

在诗集的出版过程中，得到了许多领导、师长和朋友的帮助。

本书书名由著名书法家桑凡老师题写。里面的书法插图则是由刘景云、李松婷、李俊三位美丽的女性书写，其中刘景云、李松婷二位均为全国书协会员，而李俊则是我的夫人。在此一并致以深深的谢意。

作者

2010年11月

山海吟歌

李元

目　录 *Contents*

目 录 Contents

目　录 Contents

参观南京中山陵

一

飞车穿云忆当年，风雷激荡史无前。
峰路千山寻相通，云海一天失远关。
脚踏帝制真豪气，俯首三民诚先贤。
东去大江歌无尽，长风鼓浪楫远帆。

二

钟山雄峙伟人眠，青松肃穆白云边。
幽径豁然有大气，栋梁直矗了不凡。
石阶通天高境界，铁桥凌江新人间。
中山陵上极目处，莽莽苍苍绿山川。

■ 1998年4月

红 旗 渠

跃进红渠水上天，
太行绝壁见盘环。
高天倾泻龙飞雨，
深涧平积鱼戏潭。
气压群峰八百里，
志凌陡峭万丈渊。
英雄老去神犹壮，
临途莫忘忆当年。

■ 1998年4月

参观全省部分小康村

绿水青山枉自多，
财神无奈贫困何。
一朝春风勤吹拂，
十载黄土唱新歌。
田间工厂争轰鸣，
乡村别墅漾春波。
曾经黄粱也难梦，
变成现实装入箩。

■ 1998年4月

参观小浪底水库建设工地

伏羲女娲千万载，
崇山峻岭虎龙盘。
黄河云烟滔滔泻，
巨坝雪雨阵阵缠。
峡关鏖战山欲倾，
晴空旗展气仍寒。
三月桃花笑残雪，
白浪清新涌诗前。

■ 1998年4月

重访新郑

1974年4月到新郑县城关镇胡庄插队，1977年10月返城。1998年3月重回旧地，历时24年。时逢冬春交替，细雨微雪，感慨难禁。

廿年插队弹指间，
往事依依到眼前。
茅檐老屋情亦盛，
锅台淡饭苦中甜。
难觅穷村黄鹤去，
欣看楼台紫燕翩。
笑谈天地风云起，
细雨微雪动广原。

■ 1998年4月

参观南京洪秀全展览

拔剑起边陲，
烟火东南倾。
怀揣上苍意，
勒马钟山行。
立国破敌胆，
青史留英名。
底事天不佑，
旧思渺双睛。

■ 1998年4月

夜宿山间，晨登石人山记句

一

头枕泉声眠，山静月如飘。
佳梦临绝顶，群峰峙云霄。

二

登山步步高，谈笑惊宿鸟。
耳听溪水语，疾徐赶云涛。

三

阶梯随山势，云峰陡且缈。
愈到山绝顶，艰苦倍辛劳。

四

巉岩耸峭壁，铁索横悬空。
离天三千尺，立有百丈松。

五

信步登顶峰，壮阔云气生。

群峰美如绣，豪迈日东升。

■ 1998年4月

无　题

一生爱向大山游，
铁石横空气深幽。
岩畔溪流无俗骨，
松外竹林有风流。
清新原自出陈腐，
神工只因潜心修。
心如苍穹常广阔，
从无坎坷增毫忧。

■ 1998年5月

访 新 加 坡

驱车新加坡，
来从异国游。
阳光涌赤道，
热带雨林稠。
海风挟碧色，
芳草弄鸣幽。
高楼星光树，
车龙灯河流。
地近马六甲，
港空冠亚洲。
独立三十载，
奋斗几十秋。

开放加实干，
法治面貌优。
彬彬讲礼仪，
勤勤效率收。
举首不相识，
言谈血脉通。
知我故土来，
酥雨润悠悠。

■ 1998年7月

寄 女 儿

吾家小女儿，
年方一十八。
脸似桃花瓣，
驾临如朝霞。
名带太阳色，
性如太阳花。
孕时天地愁，
乌云掩城半。
生时海水翻，
阳光忽灿烂。
少小多顽皮，
逸事暖心田。

倏忽已长成，
志向颇高远。
父母常寄望，
重负挑得起。
夜晚入长梦，
时光逝三年。
小女英姿发，
卓然不同前。
报孝父母心，
快乐尘世间。

■ 2000年2月

爬 墙 虎

枯藤纵横楼壁间，
转眼已是三月天。
新绿奋力争登顶，
朽枝垂败色赧颜。
扫却百日寒霜意，
矗立万面竞潮帆。
任是高墙硬如铁，
寸寸春色上屋山。

■ 2000年4月

咏　妻

香风桃李丛中行，
云霞为衣气从容。
溪流百转柔为骨，
星光灿烂月为睛。
闹市井闾岩畔竹，
富贵贫贱溪云风。
繁杂琐细家务事，
巧理依依重如轻。
亲情默默风化雨，
雨洗层绿润山青。
慧悟常觉根有底，
心善不许月础风。

卅年事情多忘记，
茅屋向望却分明。
三月麦田双飞燕，
海天一梦日方生。
胸中事，不相瞒。
心中情，深如渊。
不识庐山真面目，
只缘身在山外行。
倒挂银河三千尺，
难及贤妻如山情。
如山情，乐盈盈，
家有贤妻胜功名。
相期百年连理后，
竹马仍伴青梅行。

■ 2000年4月

葡 萄 山

深山自古少人烟，
而今大道直通天。
岩畔紫藤遮云日，
架上葡萄串炊烟。
远方商贾闻风至，
山中百姓有余钱。
桃源缥缈无觅处，
春风细雨景色鲜。

■ 2000年6月

石　榴　园

天生石山草难生，
峡谷深广鸟断行。
开天铁锄翻白云，
动地石歌萌绿星。
春日榴花红胜火，
秋月硕果玉如冰。
深山宝石光芒射，
吹动东瀛岛上风。

■ 2000年6月

参观百亩油桃园

峥嵘原野尽油桃，
嫣红绯透绿枝条。
横斜竹篱浓阴满，
清香春风任意娇。
身是大洋彼岸客，
欣吟山乡农家谣。
放眼云天意广阔，
田畴如今多英豪。

■ 2000年7月

七月观雨

大雨落滂沱，
天地一色间。
玉带织帘幕，
银光乱野烟。
积流平地涌，
沉雷空云暗。
雨打豪气起，
望眼高山巅。

■ 2000年7月

新 农 民

千里沃野万亩园，
轻风耀日白云边。
大棚温室春意闹，
新品洋种喜开颜。
村头更墟变市场，
信息时空四海连。
农家树下谈科技，
卧听黄牛意悠闲。

■ 2000年7月

题《欢乐周末》

一轮明月映深空，
广场锣鼓正威风。
祥符婉转满堂彩，
曲艺新编掌雷鸣。
八方四面人涌涌，
街头巷尾户空空。
戏终人散兴未减，
野腔高调声连声。

■ 2000年8月

读陆游诗选

一

先贤遗诗耀宇寰，诗如其人心慨然。
东南偏隅引为耻，巴山蜀水列阵还。
挥洒郁闷剑似雪，难酬志愿笔如山。
最是激情难抑处，梦收秋风大散关。

二

梅花丛中觅放翁，孤高清标处处同。
诗思奔放泉泻地，幻想奇崛山涧风。
婉转绮丽冬日雪，甘畅淋漓夏云虹。
中悬一颗忧国心，突兀平地起高峰。

三

中华民族五千年，碧血长虹一脉牵。
江流急风掀热血，河汉明月耀胸间。
斑竹湘枝岂止泪，诗词歌赋源流远。
浩然正气壮心旌，精神腾越九重天。

■ 2000年8月

咏 青 檀

青檀，一种极稀少的树种，能在光秃的石山上生存，被誉为“生命之树”。

一

下抱青石上擎天，丹心浩渺一帆间。

群山波涛风云怒，静如晨吟步高岩。

二

昂首挺身伟如川，青衫飘扬气宇轩。

畅怀迎接风入抱，尽揽宏图万里烟。

三

左临松涧右挽岩，生身何曾惧临渊。

长风吹去云万里，清新依然是青山。

四

寻常山巅影难现，风姿独存千百年。

生命偏爱石共舞，恰如明镜照人颜。

■ 2000年11月

长松赋

云山雾峰岩畔松，
春夏峥嵘绿迎冬。
石瘢斧痕骨似铁，
雪压霜冻春心生。
片云阳光常仰慕，
庭院深墙动无衷。
九重洪水来天半，
滚石裂木下深渊。
龙根露野半无土，
石罅存身心不乱。
胸中无忧百虑消，
一笑清风扫烟岚。
松本高洁真雅士，

人人争效其实难。
我来跋涉苦且累，
深涧见松眼忽明。
不知百年经几何，
岁月年轮不知情。
疤痕累累伤可见，
眼望长松久赞叹。
枝可增山色，
叶可悦心景。
干可励人志，
根可固山倾。
云自东来雨蒙蒙，
蒙蒙细雨润青松。
人可无食无衣裳，
不可或缺长松风。

■ 2001年6月

写在奥运揭幕之时

九重夜空飞花树，
鼓狂歌欢山起舞。
黄河长江皆是酒，
酣畅淋漓醉万夫。

■ 2001年7月

读苏轼诗

一

仗剑去国方高歌，忽逢波恶走沉坷。
天教诗人莫论政，地喜词客卧东坡。
逸情妙似水跳涧，雄笔勇将山势夺。
哲理皆从自然悟，篇章每来画意多。

二

不堪荧光嘲浩月，布衣书卷走江南。
青山绿水出新意，明月清风入诗篇。
木鱼随履思常静，湖山夺目窃为缘。
轻云微雨添愁绪，如椽巨笔走长川。

■ 2001年8月

随　思

一

风光总自艰难出，天藏佳景在坎途。
远望山峦清晰现，近寻道路复模糊。
心生踌躇疑难定，机失茫然悔已无。
踏顶登峰虽难事，恒心铁胆百无顾。

二

笑问何人敢自夸，孤入原始深林峡。
了无迹端生疑虑，偏近物理坠烟霞。
难得奇物出俗见，易将新玉入旧匣。
且种世间珍奇树，莫采他人篱下花。

■ 2001年8月

菊 花 赋

秋风本是农家女，
生性爱花扮红妆。
采集璀璨七彩露，
编织玲珑云霞筐。
轻播漫洒花瓣雨，
喷施灌溉日月光。
秋来田野铺新绿，
湖畔庭院处处狂。
蔓舒枝展如歌舞，
千姿百态竞群芳。
天生丽质无脂粉，
晶莹剔透玉隐光。

依山傍水增颜色，
抵户临窗透阁香。
烂红偏爱春风度，
倩影唯愿披秋霜。
温文尔雅有风骨，
枚枚菊花是陶郎。
青空高远宜放眼，
盛暑过后方清凉。
满挹菊花嗅不尽，
俨如品读人生章。
蓦然解思秋风意，
菊花丛中神倍爽。

■ 2001年9月

游南湾水库

鸡公翘首衔明珠，
天风吹云入画图。
薄雾遮山细浪远，
秋寒凝碧游客闲。
一方蓝天铺绿水，
三千湖岛耸长烟。
墨林晕彩深难测，
红岩青石杂斑斓。
茅舍散落三两处，
似见人往复还还。
岛上水牛来饮水，
圆眼似怪水连天。

快艇巡游风万里，
未揽南湾三分烟。
闻说库区鱼如牛，
身重百斤钓者忧。
离休老翁闲情怡，
长竿来钓水边秋。
水波突动鱼未现，
老翁落水惊呼唤。
钓友八九齐努力，
掀天白浪遮远山。
三竿红日落入水，
丈把黑鱼始上岸。
乍听此事心胆寒，
只恐惊鱼掀游船。
弃船上访大圣岛，
树石猿猴啸且跳。

牵枝拽条飞秋千，
翻屋溜柱聚人前。
揖别人圣登鸟岛，
绿映白云无一鸟。
岛主告我时不当，
候鸟展翅飞南方。
三月开春始回头，
遮天蔽日人惊赏。
千族百类不可数，
参天乔木遍巢房。
游人摩肩皆举伞，
难免鸟粪落衣衫。
鸟未见到心不怨，
希冀等待春满天。
回见友人手指川，
水勒石印痕依然。

百年大旱地干涸，

祈愿飞瀑满云天。

畅游南湾生思绪，

心海长泊秋水烟。

大气自由天然成，

美景无须雕凿胜。

清新丽质山水滨，

只待时日播远名。

■ 2001年10月

登　山

登山苦难事，
况久未登山。
妙在临绝顶，
快意不可言。

■ 2001年11月

经泰安过胶东半岛

路随山势阅群峰，
千峰尽妍各争雄。
高耸孤山难成势，
携手比肩成峥嵘。

■ 2002年2月

参观党的“一大”会址

南湖缥缈泊远帆，
一重风雨一重天。
时节已令生新叶，
春流径然破冰颜。
西天纷纷云成阵，
北山峣峣基已翻。
归纳百川赴海日，
烟霞波涛正翩翩。

■ 2002年3月

赴普陀海中

夜渡东海水，
朝登普陀山。
海际连曙色，
云霞覆大千。
群岛笼白雾，
百佛眠飞烟。
景色天地秀，
胸襟波涛间。

■ 2002年3月

普陀山游记

一

船行犹如踏浪行，头枕波涛听鱼声。
夜发普陀瀛洲路，晨访东海神仙踪。
展翅海风破沉雾，依稀星光指前征。
欢呼紫雾临海上，遥见拍翼日东升。

二

进岛如登桃花源，景色清新别有天。
史迹千转无寻觅，寺庙百座拥岚山。
身依普陀观云逸，坐听清风畅海言。
绝顶一望天地阔，舟山散卧波涛间。

三

山清水秀展画屏，风动花木伴人行。
依山酒店生意旺，云巅寺庙香火兴。
烧香礼佛妇为盛，稽首膜拜跪行径。
虔心一颗直如此，方信佛祖有无中。

■ 2002年3月

参观宝山钢铁公司

新绿葱茏净无尘，
高炉巨人遏白云。
码头长臂龙入海，
管道神经鸟出林。
红钢灿烂日破雾，
青烟弥漫月将临。
赧郎神采浦江树，
计算机前似鸣琴。

■ 2002年4月

雨 路

春旱日久炎更炎，
炎到极点天变颜。
盔甲三万一片雨，
戈箭九千十里烟。
汩汩溪流听生气，
阵阵清风望云翻。
试问今日田间事，
几重精神青绿间。

■ 2002年4月

览胜偶得

一

跋涉百峰走千径，水畔帆影晚云生。
平常之地浑相似，奇绝佳境各不同。
身处山中熟睹惯，乍来风光总心惊。
风景常因心境变，一样风景异样情。

二

浓绿遮山翠连空，天发请柬邀人行。
缆车直上了无趣，安步徐行佳景生。
奇思妙想石阶上，清词丽句溪流中。
悟出自然山水意，阅尽人间万架峰。

■ 2002年4月

偶　思

一地风烟一地人，
习俗千里不同因。
他山浅论惹嘲笑，
此地高鸣惊绝伦。
远游难学外方语，
返城又惯古乡音。
春花吐香春日里，
湖畔轻吟谁人心。

■ 2002年5月

列 车 行

列车迅驶如乘风，
千里莽原滚雷声。
窗含星月疑流泻，
地跨市镇似扑萤。
凝思历史度长夜，
入梦蝶变向光明。
沃野秀美迎旭日，
万绿如茵绣长空。

■ 2002年5月

千岛湖揽绿

一

芳菲三月入画乡，云雨初歇春鲜光。
碧透湖水秀如姑，挽手春山少年郎。

二

千岛湖水绿酒浆，山为酒樽高举觞。
酩酊且踏波浪起，更邀轻风舞霓裳。

三

登高凭栏望眼空，玉玦声脆落云中。
染得心灵碧如水，可灌千山万座峰。

四

万顷湖水明如锣，千岛如槌云空落。
砰然响惊八百里，日月摇动重重波。

五

微风细浪柳拂堤，云压青山雨漓漓。

诗情画意休醉我，胸中山水孕正奇。

■ 2002年5月

西　湖　雨

拂晓轻雷扰人梦，
蓦然惊雨九龙行。
天公剪断玉珠帘，
青山好似珠跳溅。
风扯绿锦出山深，
漂染湖水四时春。
雨收银丝散轻烟，
苏堤情侣手相牵。
划动游船树影动，
水底云色傍青空。
轻掬水波问历史，
雷峰塔倒正重建。

岳庙门前伞如云，
英雄气概千年传。
汩汩水流山岩下，
雨涨石溪水满涧。
寻芳踏径觅佳句，
诗情如雨满衣衫。
蓦然雨歇复蒙蒙，
山吟水诵苏子情。

■ 2002年5月

天　目　溪

天目溪水何处发，
清光粼粼云外直。
春江翠色随山远，
云野秀气任鸟啼。
淡泊宁静谁人见，
赏心悦目一己知。
竹筏哑哑悠然下，
渔家歌调波中起。

■ 2002年5月

黄河农家

一行绿柳一方田，
堤岸深处筑家园。
款款蜂蝶时带香，
亲亲童耄俱丰颜。
淳朴仿佛坝下土，
豪爽犹如浪拍天。
枕边黄河摇日月，
辛勤耕作梦亦酣。

■ 2002年5月

咏泉诗四首

一

抱膝静坐天高标，云似流水树似飘。
夜色浓阴遮不住，群山万壑听奔涛。

二

入山先听空里涛，不辨飞泉舞云霄。
豪气浑然无惜顾，擂碎青岩破铁礁。

三

山涧溪水静有声，清彻肺腑踏远征。
要拜江河千万里，乱石丛中一身轻。

四

一溪春色滚碎银，峭岩峡谷自奋身。
四季风光迷人眼，惟有流水日日新。

■ 2002年6月

重　渡　沟

农家世居绿竹海，
重山清溪月常徘。
潇潇风声疑雨落，
谦谦青色待客裁。
腼腆炊烟石上升，
避暑人家方外来。
溪边踏岩入山去，
串串笑声云天白。

■ 2002年7月

黄河堤防

七月河水渐漫滩，
飞车巡河火烧天。
流势蛇行岸如腐，
滚浪龙腾云似惮。
控水石坝铸祥铁，
横空金堤锁巨川。
慧眼谨防百年汛，
一草一木系危安。

■ 2002年7月

子牙秋钓图

晨踏郊外风，
晓露凝草霜。
闲来无所是，
垂钓渭水旁。
眼观水中云，
心动骛八荒。
无声听长啸，
秋波莽苍苍。

■ 2002年8月

读白居易诗

究竟大家笔头精，
下笔犹似司东风。
千江秀碧明月色，
万嶂叠翠烟雨径。
刻画常翻出人语，
长歌最宜抒性情。
篇章读来亲游历，
一诗一景动客容。

■ 2002年8月

黄 河 奇 石

天华地精孕造化，
千年流水磨青沙。
山月海日石纹出，
飞瀑流云松涛下。
慧眼识瑜读匠心，
妙手睿意生奇葩。
赏心如沐春风里，
谁顾岸畔石头花。

■ 2002年8月

沙地放歌

一

黄河堤溃遗祸长，伏沙千顷草野荒。
风吹沙起黄漫漫，云压雨泻白茫茫。
春耕难耕犹寄望，秋收未收倚枯杨。
田间四望迷道路，乱岗斜阳断人肠。

二

军民豪气战霜雪，挥戈三载建奇功。
连云桥路八方远，润地河渠四时丰。
绿叶欢歌集体舞，红果笑吟漫天风。
膘肥牛羊卧青草，似请游客入画中。

■ 2002年8月

黄河农家游

堤外青郊秋未深，
水明晴空燕子身。
片片浓荫遮村舍，
处处木楼向河滨。
静钓池鱼心属水，
乐招鸣禽眼追云。
随风漫步田野上，
鲜鱼鲜蟹不论斤。

■ 2002年9月

漓　江

一

谁家居住漓江头，路是清江枕春流。
划破云影桂花香，如醉似梦一船幽。

二

野马青山饮江流，碧波缓缓送行舟。
多情雨似江北客，漫天匝地语不休。

三

水畔群山争绣球，虎狮奔吼跃天穹。
奇姿异态各呈强，一轮旭日色正红。

■ 2002年9月

南行诗草

一

离别人如雁南征，暮云深处声怔怔。

泪垂青云星斗亮，人间真情最光明。

二

鸡公山名久已闻，至今未曾拜山根。

泉雨灵气石飞雾，诗无桎梏任驶奔。

三

夕阳犹自步蹒跚，林中小村笼炊烟。

白云秧田铺餐桌，青色无边秀可餐。

四

夜暗星灯相辉煌，车如船行水中央。

脚踏星斗天边走，似感晶莹水冰凉。

五

楚天东望重重山，云涛雾海日脱藩。

方方秧田明如镜，千水千阳红满天。

六

重重青山连云天，天外复见山无边。

追忆古人望乡意，方知思念可穿山。

七

武汉曾经少年游，佳影如梦涌心流。

长江水横长江桥，龟蛇双拜黄鹤楼。

八

名城岳阳有名篇，丹心月照神州天。

湘乡由来伟人多，重重水绕重重山。

九

停车永洲东方白，一夜好梦起徘徊。

田成条块小如掌，山似芭蕉绿入怀。

十

八桂大地一路山，似写行草断还连。
绿色满目如流水，前行车似漂流船。

十一

南疆望来处处塘，鹅群博冠白鸟翔。
稻是三熟黄欲收，抽花田边正插秧。

十二

绿水青山多姿秀，忽发奇想朝天叩。
妙借山水古城畔，春风明月游人骤。

十三

水乡竹林随处现，青浪穿天傍霄岩。
自古英贤多题咏，丹青映照可明颜。

十四

国界北侧镇东兴，山峦开处花木惊。
边贸市旺商街满，穿城既可越南行。

■ 2002年9月

青州城

山东青州以盛产桃和花卉闻名，花卉中又以仙客来和君子兰为最，每年一届花博会，引得四方宾客来，咏而歌之。

青州城平偏近山，
波涛滚滚绿映川。
四望碧桃坠夕阳，
五色祥云舞炊烟。
相逢君子一卷书，
宴请仙客尽童颜。
齐鲁佳秀争艳丽，
姿态百千各翩翩。

■ 2002年9月

青　竹

青青绿竹摇云山，
影落清溪意自谦。
北人少识南国竹，
难道直节高格篇。

■ 2002年9月

山　水

人生三万里，
天地一瞬间。
读山慕高耸，
临水思深渊。
山水有其志，
意会心自恬。
激扬乘风发，
生命无虚年。

■ 2002年9月

山 中 行

千里江山人生路，
万顷明月襟怀风。
青峰豪气江河水，
冰雪肝胆云天松。

■ 2002年9月

越南即景

一

国漂南海长空阔，一径牢与大陆连。
民族雄跨鲸鱼背，奔涛猎雪天正旋。

二

血战莽林几十春，卸甲农田织乾坤。
沿街商店随处见，经济发展不由人。

三

村民乡居窄窄房，篱笆半围做矮墙。
闻说女男三比一，何见门前有女娘。

四

房前屋后绿芭蕉，三色梅开紫云飘。
耕田牧牛人正归，青山溪水过小桥。

五

景似南疆人似我，语带京腔易交流。

饭菜品来家常味，山川行来浑旧游。

六

海上梦幻蓬莱云，云下千山似桂林。

浪花拍岩冰雕雪，笠笠青山归渔人。

■ 2002年9月

沾化冬枣

本是海水浪拍天，
堆积桑田起人烟。
穷僻偏有真豪气，
顿挫方显意相连。
累累枣坠急雨点，
青青树接碧云边。
佳质可葆永不老，
要品且待春来前。

■ 2002年9月

拂　晓

阳光初有意，
晓雾尚未消。
新绿原野星，
活力云海涛。
晨开一日始，
勤竖万古朝。
江山城郭美，
处处涌新潮。

■ 2002年9月

黄河秋堤

芳草嗅秋色，
爽风观鸟翔。
林隙流金瀑，
田间漾绿秧。
牛羊散四野，
鹅鸭戏满塘。
远色驶入眼，
素心万里张。

■ 2002年10月

黄 河 秋 日

放眼天地界，
黄河直东流。
风动泽畔草，
云浮艳阳秋。
旷野极远目，
鸿桥横巨舟。
万年终不堕，
奔腾勒难收。

■ 2002年11月

海　歌

一

银浪飚飞电光落，涛声撼岩奔马还。
剪却海水铺为纸，涌出惊天动地篇。

二

龙舞蛇行卷巨澜，飞行海神手如山。
搅动海底三万里，连天冰雪梨花寒。

三

南海白荷随涛生，风卷鸥鸟空里鸣。
假使赤足能履海，俯身便可采莲花。

■ 2002年11月

海　　望

平铺一天水，
雄峙千座山。
余晖耸奇景，
乱浪叠飞烟。
急风鸥远鸣，
凝思意生鲜。
休赏桃花林，
且追海云帆。

■ 2002年11月

深　山

陡开峡谷雾锁松，
沟畔小村高悬空。
纵横沟壑崩山裂，
梯田岩树画云中。
峰峦波涛涌南北，
天风浩渺旋西东。
乱点石溪杏花水，
自在随意起白虹。

■ 2002年11月

冬　雪

疾风吹暴雪，
雪乱夜风寒。
晴明野初霁，
树树白玉兰。
云展翔鹰翅，
日升出海帆。
清新天地色，
霞光秀容颜。

■ 2002年冬

河 工 颂

苍茫原野阔，
鸟雀动静无。
长空雾作霖，
寒气露凝珠。
开河声势壮，
人喧机声浮。
穿流东南去，
落日随波舞。

■ 2002年12月

漫忆北京

车似流水人如潮，
天空广阔高路遥。
星河灿烂七色虹，
流云飞旋八方桥。
声名鹊起帝都后，
雄心跃然世纪潮。
五十年来跋涉处，
更登琼楼待月娆。

■ 2002年12月

咏 杏 花

漫天簇雪似冰雕，
独占早春三分娇。
云色端庄书生气，
月影飘忽情侣腰。
未许颜色杂身染，
着意画笔秉心描。
豪情肝胆可成海，
微风波动尽滔滔。

■ 2003年3月

古　诗　吟

读诗常羡志高远，
实践才知事非艰。
盘根错节人际事，
坚壁险阻意识关。
奔走蝇头竞逐利，
安坐太平唯求官。
古来诗人最童真，
往往抱璞篱下还。

■ 2003年3月

观赏万亩油菜花

放眼天地青与黄，
我睹青黄颠欲狂。
啸傲高歌朝天际，
潇洒轻吟渡河梁。
惊风伏地沙不起，
黄花掠空意飞扬。
文章贵有豪迈势，
一读惊心复惊肠。

■ 2003年3月

春踏原野

野田黄花笑曦潮，
独占春枝鸟音娇。
千树万树杏花艳，
白云绿云柳林梢。
赏心悦目一朝事，
背负黄土十载劳。
长愿春光不凋谢，
百姓富足俱丰饶。

■ 2003年3月

植 树 谣

半天云里半天风，
阳春三月鸟飞鸣。
荷锨肩锄植树去，
唤过西家再喊东。
路渠沟畔满杨柳，
田畴村旁果木丰。
怀抱婴孩传笑语，
手扶幼树喜心中。

■ 2003年3月

阅　兵

点验阅兵忆边声，
烽火沙漠剑戈惊。
一腔豪气山生色，
千军雄威水无声。
无情战火摧世界，
含泪梨花盼春晴。
战争仍需战争止，
和平犹要铸强兵。

■ 2003年4月

抗 击 瘟 疫

非典疫情惊华夏，
地陷天倾人心焦。
赴难国家天使责，
尽职民众公仆劳。
自然奥秘究未尽，
科学探索待远樵。
祸患警示启思虑，
将有收获福明朝。

■ 2003年4月

咏　　春

春月风轻鸟鸣扬，
云空晴明气转阳。
欣欣生机争拔节，
灼灼花姿竞吐芳。
千眼观色终留憾，
一心品验悟有方。
南还燕子莫归巢，
且伴诗人歌咏觞。

■ 2003年4月

村曦

一

农村天行早，飞檐鸟雀喧。
阡陌随漫步，空气品清鲜。
小麦籽初饱，梨果枝高悬。
牵牛农家子，踱踱入深田。

二

莫做豪言语，文贵真平实。
情自灵台出，景取印象意。
佳句照眼明，形象妙叹奇。
至此方有悟，独特因人异。

■ 2003年5月

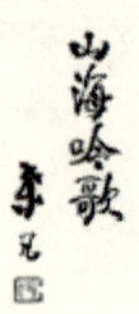

历　　史

千年历史几代朝，
是是非非论未消。
立国总有新气象，
衰亡全因旧习牢。
一白渡海春清秀，
万绿叠翠秋碧凋。
唯有演变不变律，
秦亡谁又蹈秦啕。

■ 2003年5月

夏　收

六月天下黄，
风鹏火龙翔。
矫健击麦海，
奋力搏骄阳。
夏收一冬心，
秋种万年长。
高天白云飞，
粗茶话风凉。

■ 2003年6月

洪洞县寻根

西来晋地寻先颜，
古槐繁盛拜根缘。
三代槐花几谢落，
一水源流遍河山。
到处人丁生茂密，
谁家月下祈福衍。
不知己身生何处，
鞋袜脱看脚趾间。

■ 2003年6月

太原晋祠

无限清幽步林园，
鸟鸣流水耳边弦。
千朝风流皆逝去，
人民只记贤者贤。

■ 2003年6月

响沙湾歌

瀚海黄羽远碧天，
苍茫万里无人烟。
寥天阔地一望尽，
豪杰胸襟在河山。

■ 2003年6月

赴鄂尔多斯途中

山横云野气势雄，
风光迥异自不同。
千峰奇峻争姿态，
一碧平原远虚空。
偶见牛羊散四野，
独有鹰隼击寥风。
山川形质险天意，
浩浩千骑正奔东。

■ 2003年6月

夜梦草原

一骑明月出天关，
夜牧繁星银河滩。
木碗奶香听牛角，
马头琴音动莽原。
篝火飞萤歌欢笑，
佳人丽偶舞翩跹。
黄骠骑手电飞掣，
穹庐烟散醉客酣。

■ 2003年6月

草　原

海外飞雨打白云，
草原枯色返青魂。
阳羔和美争亲客，
风骏竞飞似邀君。
广袤飘飘女儿舞，
豪迈盈盈骑手樽。
远来耳目感新意，
千载胸襟不同伦。

■ 2003年6月

云冈石窟

云边晨光横断崖，
下有百佛坐朝霞。
飘飘衣袖存睿智，
袒袒巨腹无机槎。
五十四载留魂魄，
百代遗梦出谁家。
神工难解人间事，
任凭斧凿生莲花。

■ 2003年6月

游内蒙古有感

大漠景象气势雄，
毡包歌传骏马丛。
风动沙飞驼队远，
雨轻草细羊群空。
竹林清溪明秀色，
秧田帆影晚映红。
儿女形质因山水，
侠骨柔情俱从容。

■ 2003年6月

谒昭君墓

荆门香溪碧水悠，
塞外春风几十秋。
处处只闻笑声语，
堪堪不见怨情幽。
词人千古纷争论，
史册一卷定风流。
娇柔何有丈夫气，
十万刀剑化耕牛。

■ 2003年6月

草原归来

山川灵秀处处奇，
行如春燕啄春泥。
我自草原新归来，
诗成天心澄碧时。

■ 2003年6月

山　　趣

天倾绿瀑千叠水，
云上苍岩万仞山。
溪中波动鱼似我，
峰边云逸我似云。

■ 2003年7月

登鹳雀楼

新建鹳雀楼，雄姿神采，因王之涣诗而闻名，内有毛泽东手书的王诗复制品。

中条山下风寂寂，
鹳雀楼上神飞扬。
白云浮动远山影，
旭日波扬大河长。
依天雄姿四望阔，
拔地诗思百流芳。
华篇吟罢兴未尽，
伟人挥毫意悠方。

■ 2003年7月

函 谷 关

函谷雄楼镇西原，
峡路莽丛远山岚。
门因青牛驮经盛，
道是先贤探索传。
遐思搔首追往事，
壮怀极目兴长天。
千朝百代可寻迹，
岂能易算决疑难。

■ 2003年7月

白云山瀑布

绝壁依天斜，
峡谷裂云开。
断岩飞白瀑，
万马绝尘埃。
雷电挟激流，
乱石阻徘徊。
曲尽终复去，
浩荡青山怀。

■ 2003年7月

入　秋

小村十里风，
荷塘一夜雨。
清睡枕流云，
酣梦到万里。

■ 2003年立秋

山中漫句

一

危峰抬望天似倾，峭壁白瀑野花红。
踏遍山南山北路，领略云中云外风。

二

山头日影山涧松，溪流淙淙路自通。
千环万转终直去，自行自路自从容。

■ 2003年8月

山中撷趣

一

云霞红似玉，山青绿如意。

长空蓝于水，万里晴欲滴。

二

牛卧溪边草，遥似卧牛石。

群童水中戏，路人不相及。

三

山中采连翘，溪边煮清茶。

流盼双眉目，清新一枝花。

四

人生古来稀，鬓发白髭须。

稳步跋山径，高喊返童趣。

五

喘息粗如牛，趺坐怀忧愁。
直慕少年郎，纵跳如猿猴。

■ 2003年8月

西行途中吟

西行势飞鸟，
连天起波涛。
峰入白云里，
山弯高路飘。
举手向空中，
摘星似摘桃。
极目明光处，
大河带梦遥。

■ 2003年8月

西行览胜

秀色登山水，
凌日攀塔身。
访古西秦近，
揽月东涧真。
城展新容貌，
业拓旧时痕。
河曲终不改，
天光涣然新。

■ 2003年8月

二〇〇三年暑末雨后作

一夕透雨天转凉，
底事暑热逃过墙。
欣欣绿木漪清气，
欢欢白鸟传花香。
莫讶时节悄然易，
且吟自然造化方。
心逐轻云飘万里，
许看江天红扬扬。

■ 2003年8月

山中寄景

风绕赤石树影斑，
径斜青山鸟歌弦。
涧底听涛浑未有，
陡壁攀云入其间。
自觉心情溪中水，
始赏风骨碧横天。
云雾峰头阔如海，
一派苍茫待日帆。

■ 2003年8月

寄　语

莫做豪言语，
言语恐易失。
但留真豪气，
鼓荡生如溪。

■ 2003年8月

云 山 诗 韵

行走青天上，

喜为一日仙。

林中依佳木，

岩边饮流泉。

气生涧底石，

醉卧溪中天。

山是青竹笠，

云如影相还。

■ 2003年8月

白云山绝句

一

云覆白云岭，涧横两峰间。

风吹佳木动，美景无须言。

二

清风耕云海，种下万顷山。

长出好风景，碧色秀于天。

三

云幻莲花座，飘然一溪风。

描画形态易，举笔魄难生。

四

山静潭水清，林深无日影。

空山幽人怜，心庐明月境。

■ 2003年8月

白 云 山 中

登山不见山，
山远天际边。
涧底浮栈道，
峭壁下龙泉。
豪情随风起，
壮志祈道艰。
云遮极顶处，
笑语指飞烟。

■ 2003年8月

驱车山东行

暑月曾西行，
高路入天惊。
古峡生紫气，
逍遥白云轻。
今赴山东去，
野阔四边星。
大河渡不尽，
飞桥向海倾。

■ 2003年9月

龙

闪电之迅兮，谓之以龙。
风云惨淡兮，壮观以雄。
足踏星辰兮，昂首九空。
遥天一现兮，盛世如中。

心如浩渺兮，万事于容。
慷慨勃发兮，泰山如倾。
昂然长啸兮，震如雷霆。
跃河一现兮，浪动风惊。

志存万仞兮，栖息云峰。
餐精饮露兮，朝气蓬蓬。
紫气凝天兮，目射万顷。
偶然一现兮，情怀耿耿。

■ 2003年10月

赴新疆未成行作

手挥天边月，
酒歌塞外风。
踏沙边陲地，
不复古人情。

■ 2003年10月

菊　赋

一

九天星斗耀眼明，忽坠枝头绽奇型。
质胜百花贤者度，气压千竹才子风。
香从远古流今日，情漫花前散弥空。
手擎一杯一花朵，餐英饮酒浩歌行。

二

流转千姿天赋形，气韵百展犹不同。
穿云奇峰孕灵玉，拍岸惊涛悬飞虹。
心有春情迫不待，身入秋寒即吐荣。
莫言花能几日好，更有年年傲霜红。

■ 2003年11月

霜 之 林

冽冽风送寒，
漠漠旷无边。
树树叶落尽，
枝枝舒霜天。
默默心有语，
坦坦情似淡。
霜见英雄姿，
雾重愈晴天。

■ 2003年12月

为勇气号而作

幼聆神话美且迷，
仙界缥缈祈无极。
蟹云遥遥哲人惑，
银河漫漫文学诗。
星外星系穷难尽，
科学科技速可及。
搬星挪斗非远梦，
月环山上可栖息。

■ 2003年12月

阅　山

山静影入水，
风起水流天。
人踞山中石，
云渡天外山。
树动峰倾倒，
雨飘泉高悬。
畅怀登顶处，
陶然入奇篇。

■ 2003年12月

二○○四年元月口占

生居古城步岁华，
年来晴明眼飞花。
曾因陋貌休启齿，
未将贫巷久视家。
学童偏逢书屋少，
见解更因帝都狭。
千年新风一朝至，
古迹新宇俱焕发。

■ 2004年元月

冬至第一场大雪

暖冬无深冷，
春装满眼鲜。
翰宇飞急雪，
流空缀玉泉。
晶莹冰裹树，
苍茫春动弦。
友朋三两坐，
酒话漫天谈。

■ 2004年1月

寄 友 人

俗务纷纷何足夸，
春在溪畔野草花。
行云漫步听流水，
朝霞瑰丽出谁家。

■ 2004年2月

春　　望

田野春漠漠，
和风跃入怀。
草木云外色，
祥光日边开。
青心望辽阔，
白鸽飞徘徊。
携手挽春归，
明媚照窗台。

■ 2004年初春

农　　家

漫步晓村讶无人，
小院洁净独成荫。
杏花枝头梨花雪，
谁言农家无春心。

■ 2004年3月

庚寅初冬李俊

梨　　花

雪肤冰肌天地新，
霜气无奈香气芬。
思绪东风柳絮里，
片片梨花放春云。

■ 2004年3月

蝴　蝶　兰

本在山中住，
惊艳世方知。
丽质临细雨，
抱臂立琼枝。
清妍寻相购，
皎洁供品识。
一睹玉花颜，
似吟山谷诗。

■ 2004年3月

偶　　题

创造高于实，
思绪向无极。
奇幻清心目，
百年唱一诗。

■ 2004年4月

看电视剧《西游记》

一

天界无非人间事，人间或缺神仙心。

千嶂路徊迷人眼，愚者一意惊乾坤。

二

世人皆知猴多顽，谁识金棒曾惊天。

莫以形貌论豪杰，九天狂歌揽云篇。

■ 2004年4月

吟　　诗

古诗吟读引遐思，
绝胜春色撩情丝。
沧海千年事非事，
人心古往知相知。
妙拟佳境传神韵，
流畅真情赋心诗。
且把背包做诗囊，
或有腐朽化神奇。

■ 2004年5月

农家集市

逢五逢十赴圩更，
农家百物汇镇东。
车载人挑涌难尽，
粮集牛市热闹中。
老太幼童看不够，
农夫少妇买如风。
物流已无偏僻处，
南鲜北果诱囊空。

■ 2004年7月

游 子 吟

云外游子常思家，
归家又思万里涯。
行囊藏锥透英气，
素心含苞盼早华。
漠北江南日日梦，
春风秋雨夜夜茶。
惟有炊烟寄相思，
饭香时节雨沙沙。

■ 2004年7月

夏　雨

夏雨有激情，
铁筝八方鸣。
雷撼天地动，
电闪龙蛇惊。
河涨溪流满，
风摇柳林青。
雨洗神思远，
人生赴壮行。

■ 2004年7月

入山西行

峡开万山谷，
烟笼千嶂岩。
涧深龙入海，
虹横燕迎山。
飞鹤舞风潮，
群鲤跃长关。
满眼姿壮美，
车行浪拍肩。

■ 2004年7月

旅　行

难得旅行一身闲，
背包斜挎天地颜。
暂抛红尘入鱼嘴，
且随白云攀鸟肩。
遍访胸襟藏万壑，
裁剪明月做衣衫。
晨风暮雨青崖路，
兴品山水一时间。

■ 2004年7月

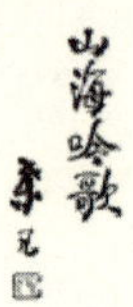

山行至平原

山中不觉日月小，
峡外明光满长川。
望眼地脉接云气，
扑胸天风任举帆。
俗心已埋岩畔草，
奇愫时发峰壑泉。
难忘景致山中好，
满筒衣袖尽松烟。

■ 2004年7月

读郑板桥诗

品读板桥心两端，
半是清醒半是颠。
官黑民瘼伤愁绪，
诗茶酒画访青山。
诗成多在酒醒后，
语犀妙在糊涂间。
从来诗神多眷顾，
自古词人无钱权。

■ 2004年8月

雨　　中

立秋时节雨水多，
秋风秋雨珠跳波。
田间细流汇万缕，
无邪儿童戏雨歌。

■ 2004年8月

八月十一日稻区行

雀跃极天性，
燕翔碧玉盘。
斗笠农夫影，
红衣女儿篮。
牧牛池塘静，
鸣蝉杨柳闲。
巨荷风万里，
清香一枝传。

■ 2004年8月

项　　羽

少小读项羽，
倾情一生间。
千骑拥豪气，
心雄摧万关。

■ 2004年8月

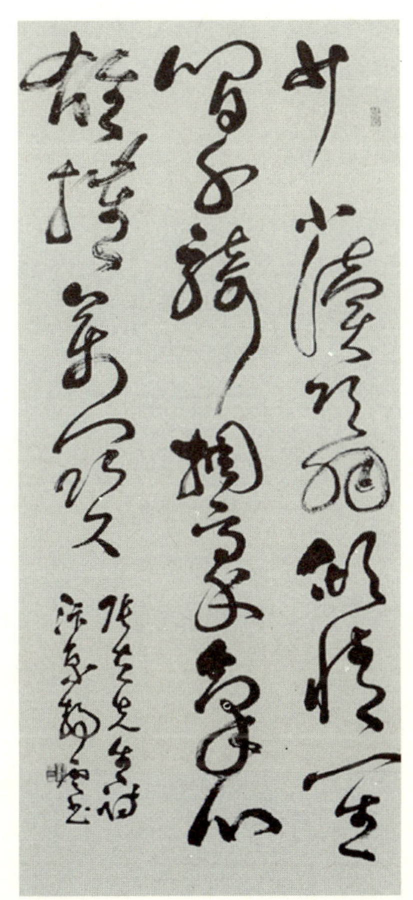

偶　题

人行自然里，
要尊自然天。
偶尔一为之，
或可遂心愿。
若信随可欲，
天怒地成渊。
人本自然物，
和谐路方宽。

■ 2004年10月

游　　山

身上莲花峰，

脚踏青云彩。

神游天地色，

襟风泛鳌海。

鸟鸣十里青，

泉泻千寻白。

晓日红欲滴，

春色破胸来。

■ 2005年1月

身上蓮花峰脚踏青雲彩神游天地色襟風泛鰲海

鳥鳴十里青泉瀉千尋白曉白紅欲滴春色破胸來

随　感

小诗也须费思构，
清歌好唱曲难悠。
堆砌难免成累赘，
随手却易落俗流。
池水无意终平淡，
山川有峰开清幽。
蹈袭前者邯郸步，
浣沙溪畔东施羞。

■ 2005年4月

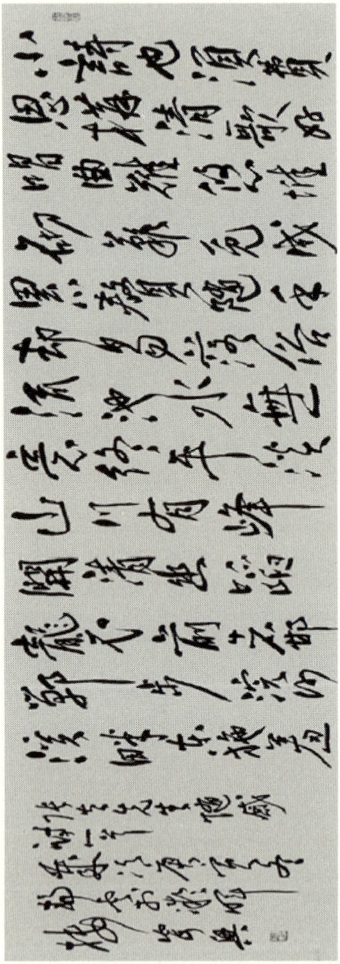

山海吟歌

春日早村

江天红万里，
曙色鸟身旋。
华光开物色，
清野秀云边。
风铃牛摇响，
鸡声树掩悬。
欣欣悦无语，
跃跃欲耕田。

■ 2005年5月

北京什刹海夜游

一

红楼玉板柳青青，摇曳灯影踏歌行。
夜深人涌阑珊处，似入繁华古汴城。

二

万点星眼亮水眸，含情韵染银河流。
牛郎欲牵织女手，月挑华灯照水头。

三

包公龙亭两湖秀，巧借妙构飞檐斗。
湖船摇曳岸边客，丝弦美食又美酒。

■ 2005年5月

平原五月

轻烟绿纱五月雨，
平原万里秀神奇。
绿染一色呈骄傲，
花飞几树展奇翼。
浩然气吐水生色，
潇洒云行风入衣。
我欲野径站成树，
枝丫舒展竞天姿。

■ 2005年5月

悟

天地山川景物真，
先贤妙语有遗痕。
自己眼睛自己看，
莫使心灵属他人。

■ 2005年5月

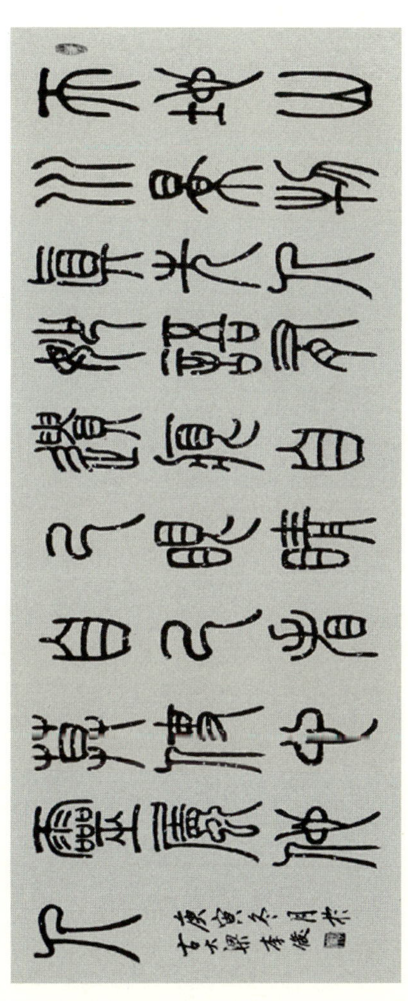

采 杏 歌

三月杏花开烂漫，
霜雪顿飞做轻寒。
五月艳阳麦初黄，
柔枝簇簇杏团团。
城中楼盘多如林，
户户鸟巢门不开。
钢筋框断天地色，
人心浮躁功利前。
轻车出城一声欢，
风散碧野心顿闲。
旭日轻开云涛处，
霞光照地紫含烟。
池塘明镜波纹细，

农田麦浪鸟声喧。
野花鲜艳自怜色，
白鹭翘脚堤岸眠。
春情染得心如水，
清新碧透坠欲悬。
玉腕采黄杏，
眉黛开秀颜。
晨露尚未晞，
晶莹惹垂馋。
儿童意最足，
捉虫绿叶边。
驱车依依情难舍，
风光四野挽相牵。
购得小锄携身归，
欲开心中一方园。

■ 2005年5月

山西平顺黎城览山诗草

一

丛山峻岭云雾缠，太白曾叹蜀道难。
如今高速连天起，千里万里泻飞烟。

二

天垂青幕遮天门，万山如剪开烟云。
一路直行千仞上，晴光灿灿尽明媚。

三

盘旋山路九九弯，纷至云峰笑车难。
持锤我欲千山碎，大路朝天阔如川。

四

群山结伴远途归，流星大步奔若飞。
爽身举我向空中，问我底事迟来回。

五

脚入平顺似客归，举手青山入窗楣。

慰我旅途多劳顿，清风明月依次回。

六

山色含情卧榻旁，息息相依觉夜长。

梦中松影语朗朗，一夜风过细闻香。

七

日色凌空松拂岩，山我相倾并肩谈。

我夸青山多豪气，青山语我最投缘。

八

君问山中感何如，满嶂烟雾笼松竹。

目共云鸟去万里，心随溪泉入平芜。

九

重重山色环小村，农人往还伴书音。

恍如隔断红尘界，自劳自作神仙钦。

十

农家少妇手不闲，手编玉米满屋檐。

偶然分神听鸟语，眼落石径上青岩。

十一

我坐山岩复望山，恰似老友弈棋盘。
野花闲云笑白瀑，直欲长望烂柯还。

十二

谷深峰峻绿苍苍，一线天暗百阶光。
临天叩响神仙门，天风飘来茶饭香。

十三

晨曦山中情忽发，云外石径采青崖。
不知山水姓何谁，踏遍松石访人家。

十四

深山自古少人烟，而今盘旋路可穿。
白云万里不见客，寂寥清新闻啼鹃。

十五

群山森严耸地坤，苍茫万里雨后新。
秋寒青碧染山色，严霜红叶笑白云。

十六

石磴辗转入青天，辽阔秋原色斑斓。
登上云山睹寥廓，群山涌浪筑雄关。

十七

天连石崖二三家，红花绕圃满蔬麻。

鸡犬往来渡仙云，矍铄翁妪自饮茶。

十八

山中空气品清甜，吐尽脏痰三百担。

手植松竹万千岭，群山妩媚绿婵娟。

十九

万千花树笼青岩，云白燕紫悦相翩。

潭中山影共波动，清风三五坐相谈。

二十

缥缈云雾若山巅，山巅隐约云雾端。

不知云山共一色，疑惑又堕云山间。

二十一

携手晨风步云空，岩头鸟啼松影中。

临涧极目惊鬼斧，百丈石壁向天倾。

二十二

云横万仞苍茫间，顽皮山姿影绰然。

多情风来诚邀客，太行雄姿到眼前。

二十三

重重群山状叠云，无边美景莫语人。
高卧松下憩天籁，青山从此与人亲。

二十四

群山接伴邀我行，谈笑自如意相生。
日月豪气溪涧水，碧透九九十八峰。

二十五

远来访山静无语，相握只见松枝摇。
拥我山林浴心去，奇瀑九道向天飘。

二十六

连山松荫岩相侵，遥望暮风送归禽。
不舍清光坐看晚，衣襟兜月出山林。

■ 2005年5月

漳河漂流

一

河源望处两岸山，柳色如屏漳水湾。
天光云色一带碧，春染江南几缕烟。

二

出水清歌入云间，轻风急流十八滩。
初惊扁舟随浮落，旋笑浪花上衣衫。

三

舟横旋涡撞山岩，野花垂藤笑人前。
心忧礁石阻道路，忽见山色自清闲。

四

连山如臂抱青川，雾散云清气自甘。
万般琐碎顿望却，一片轻云出岫间。

■ 2005年5月

漂　流

一路清风一路山，
竹筏飘鹞兴无边。
焦急他人入流云，
懊恼己身湿衣衫。
索性随它旋涡里，
恰好展目天地宽。
白云青峰尽潇洒，
放胆一笑过急湍。

■ 2005年5月

登天脊山

天脊山在山西平顺县境内，原为荒山秃岭，后在西沟村人的共同努力下，陡峭山峰种满了郁郁葱葱的马尾松。

浅景漫步色无奇，
气雄尚须登天脊。
盘旋只觉山无尽，
望远唯见峰浪急。
岩接日月松满岗，
气畅天地汗成溪。
鼎天不移凭信仰，
心存可小万山低。

■ 2005年5月

过郑州黄河大桥

野外石桥空水波，
长虹喷薄气势灼。
凌空飞度银河上，
浓缩时间入海螺。

■ 2005年5月

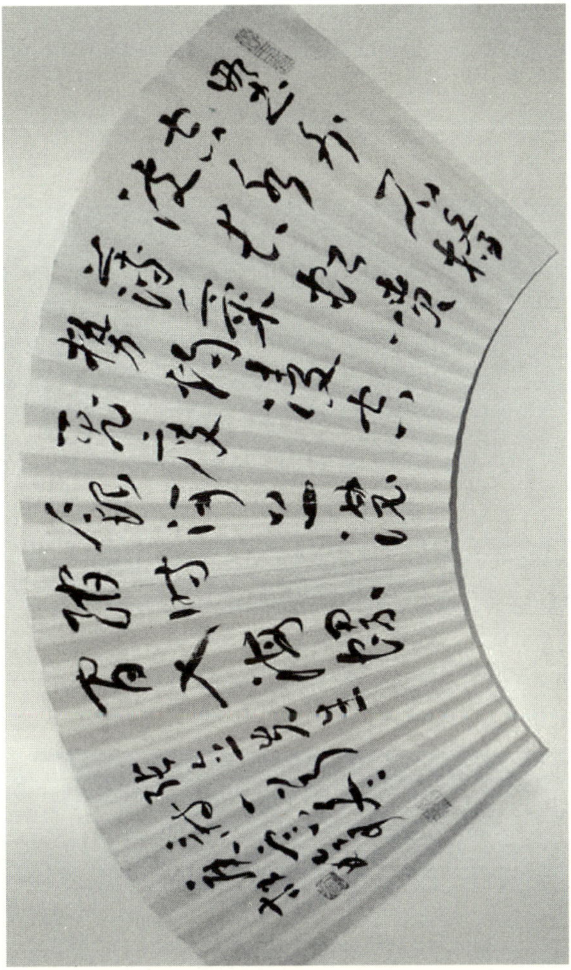

山　行

人在云上走，
千山星捧月。
忽至深涧底，
群峰压身斜。
行行复行行，
风雨阴晴迭。
仰观天山路，
尚有几多折。

■ 2005年5月

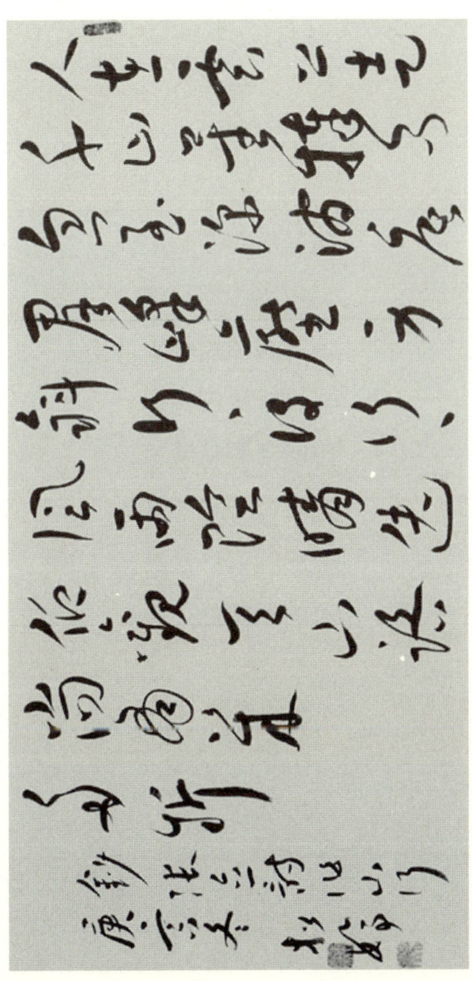

山　中

明月银辉照长川，
山中小住不思年。
流星偶驶松径路，
飞光轻摇溪岸船。
卧听天籁私私语，
踏看峰云缕缕烟。
佳思清鸟悠悠啼，
奇绝山涧泠泠泉。

■ 2005年 5 月

题恐龙谷人工漂流处

渠造三叠望来险，
闸开风生白浪翻。
激流谁击三千水，
惊雷我见百胆寒。
倒卷飞涛碎晨雾，
直泻轻舟壮云烟。
底事先自惊魂魄，
神清方可望南山。

■ 2005年5月

听申纪兰报告有感

心声品来甜，
有党有今天。
党靠群众扶，
群靠党领先。
亲历感受切，
质朴信念坚。
虽无学历品，
一语胜千言。
艰难苦奋斗，
凿石造林园。
幽兰出谷底，
芬芳远天边。
西沟人家语，
天脊是青山。

■ 2005年5月

雨过青山

一

山头雨雾散白烟，岩脚雨急石径弯。
远望迷蒙近青翠，车追雨头过前川。

二

雨霁万千洗新颜，远山忽明到眼前。
树树雨积风不起，无名花鸟跳云檐。

■ 2005年5月

瞻仰黄崖洞遗址

黄崖洞为抗日战争时我八路军兵工厂所在地

黄崖诸峰莽苍苍，
太行奇峡幽谷长。
一线天悬英雄气，
百丈崖吐花木香。
浩浩松风生景色，
娓娓山歌诉衷肠。
有情酥雨滴青泪，
惨烈战事壮辉煌。

■ 2005年5月

奇　　思

弯月垂钓钩，
青山浮渔船。
万里虹纶飞，
浩瀚钓星川。

■ 2005年5月

荷塘六月

六月麦已收，
荷塘莲初秀。
轻举绿雨伞，
细挽美人袖。
清新雕风雨，
纯真绝星斗。
花期虽未至，
开天红半透。

■ 2005年6月

咏　　柳

插地便成活，

柔条偏能久。

贫瘠生景色，

碱涝摧难朽。

燕开初春眼，

月牵情人手。

参差风中姿，

雨洗青宜酒。

■ 2005年6月

雨　思

年年江南发洪水，
岁岁岭北旱晴天。
假使科技能调雨，
何必挖渠越关山。
扯来乌云千亩长，
播洒雨珠万壑间。
到处绿染朝霞飞，
戈壁沙漠化轻烟。

■ 2005年6月

暑雨骤至

天外乌客挥云鞭，
地下白驹跳青烟。
柳头诗思随雨种，
秋田新绿挽心帆。
珠走轻盈熟入径，
水流殷勤自灌园。
每逢急雨感惬意，
心雷胸电舞重天。

■ 2005年7月

夜　雨

云遮皓月暑难当，
凉风吹乱云衣裳。
夜雨细密来访客，
柳梢轻扬扫径堂。
慌张路人护头跑，
悠闲词客步诗章。
寻顷雨霁郊野静，
抖落星光一身凉。

■ 2005年7月

君　子　兰

秋施农肥冬著花，
君子潇洒不言发。
引得观者多称赞，
绿云丛中吐红葩。

■ 2005年7月

沙地治理区游

治沙十年展舒妍，
景和色幽语太惭。
纷来绿树争亲切，
翻飞黄鹂歌新颜。
怅因慵散功少许，
愧觉流年虚指弹。
风行空旷人无迹，
日暮细雨沙沙传。

■ 2005年7月

夏　野

一道天光出碧涛，
万类秀颜尽潇潇。
绿分四五涨暑气，
鹊聚二三啄青霄。
阴晴悠忽极幻目，
雨汗浑然苦折腰。
处处蝉鸣向天籁，
四望原野热风飙。

■ 2005年7月

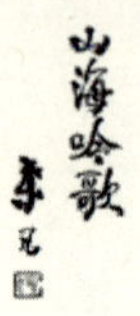

荷 塘 七 月

一池新荷参天碧，
风动花摇似星悬。
昨夜清香蝉带入，
今辰红云鸟衔前。
如箩荷叶摇星月，
似雪莲花濯清田。
笑鸣紫燕飞处处，
浓极依旧青窈然。

■ 2005年7月

七　月　雨

七月滂沱雨，
一洗天下尘。
万荷新添绿，
白鸟戏碧鳞。

■ 2005年7月

八月十日夜　黄河浮桥渡口书怀

为寻涛声踏夜阑，
大野独立镜月寒。
难觅鸥鸟衔浪影，
细辨水拍泊岸船。
恍回烽火寻刁斗，
梦醒举杯邀行帆。
黄土厚重埋心事，
一川清澈星斗繁。

■ 2005年8月

贺女儿结婚

碧空万星水，
霞光摇云橹。
日敲红云板，
绿献白玉瀑。
两情悦花枝，
春风普天舞。
姻缘美妙事，
情来不可阻。

■ 2006年2月

游洛阳龙门关

一

远望龙门关，伊水润两山。
葱茏玉世界，庄严佛云天。
倾心石有灵，无缘水入川。
舒缓白云意，来谒千佛边。

二

跃上龙门山，俯首晴日川。
山野十分秀，清流一带天。
步随人影动，心绕鸟翅尖。
千窟千姿佛，座座俱自然。

■ 2006年4月

踏　　春

野外青田耕者谁，
万树梨花白鹤飞。
微风骑鹤横箫笛，
一缕清香咏春晖。

■ 2006年4月

游山西平顺县井底村

车行悬云空，
忽至涧底行。
眼前山世界，
云外峰峥嵘。
高耸阻飞鸟，
鼓翅半山横。
两山咫尺近，
一涧万丈声。
轻风架云桥，
神仙难为情。
村邻出行少，
石磴万阶空。

至此方知晓，
井底之命名。
铁心破钢岩，
千雷深壑鸣。
山穿幽洞出，
车行接远城。
洞洞相连环，
曲折见光明。
从此一经过，
人生艰若轻。
依山起层楼，
绝壁盘古松。
洁净无纤尘，
触目满峡青。
中有绿玉潭，
远接山瀑容。

耕种梯田里，

牧羊半云中。

渴饮松畔水，

累憩彩云风。

人似神仙居，

桃源古风生。

■ 2006年4月

小　荷

小荷半卷初迎风，
绝似垂钓老渔翁。
枯柳新绿鸣云雀，
粼粼心绪如水清。

■ 2006年5月

无　题

一

攀岩登峰望无涯，
山海松风天际霞。
眼前无有一物绊，
方见清新如春花。

二

绿野无边晴日开，
峭寒已化云中白。
截取初春一枝看，
杏花如蝶乱飞来。

■ 2006年5月

河　　畔

河畔有卵石，

久磨半成圆。

抚之质坚洁，

奇纹色斑斓。

叩问家何在，

叹息委野流。

且携君归去，

置之书案头。

■ 2006年5月

农　　家

和煦五月天，
农家独不闲。
柔风锄星野，
烈日插秧田。
绿禾遁辛劳，
白水输祈愿。
稼穑事虽小，
寓理大如天。

■ 2006年6月

平遥古城

千年平遥绽奇葩，
游子飞燕落篱笆。
雨似多情轻洗尘，
客如返乡熟旧家。
欲辨汉瓦香染衣，
顿觉古风情可呷。
城因历史看容貌，
谁吟高楼入天涯。

■ 2006年9月

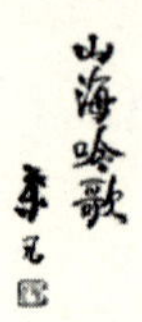

莱芜战役纪念馆观感

断壁残垣何处寻，
硝烟弥漫六十春。
一气存变山河色，
万心顺夺日月魂。
天地阴阳极幻化，
沧桑物理贯如今。
千古一事君记取，
人凭精神马凭奔。

■ 2006年9月

游莱芜房干风景区

峡谷烟色自奇芳，
深山绿漾白云裳。
石奇天际可蹬顶，
水清玉池许泛桨。
开山手裂针穿肉，
筑路腹饥灶无粮。
一川风景费心血，
明月清风用尺量。

■ 2006年9月

大 连 海 滨

眼观大海潮，

胸腾万顷涛。

云外立青岩，

心雄气自豪。

■ 2006年9月

哈尔滨游

少小壮奇想，
五湖四海游。
夏赏冰城月，
秋观碧江流。
松鼠太阳树，
锦虎白云眸。
飘飞千里雪，
冰雕百丈楼。

■ 2006年9月

自丹东赴长白山天池途中

一路山行绿无垠，
万千碧透染心魂。
临风群峦奔飞马，
浥露密林卧麒麟。
空里流浆品可醉，
怀中诗情踌亦醇。
疑是观音碧纱衣，
偶尔天风吹落云。

■ 2006年9月

丹东鸭绿江畔记景

鸭绿江中水，
波涛醉夕阳。
白鸥飞夏去，
红云伴秋徉。
绿远没青野，
风张扬帆航。
川流碧色里，
两岸各风光。

■ 2006年9月

长白山天池吟

生身只站高山巅，
白云浣动洗碧天。
三千峰烟山做海，
九重天阙风扬帆。
地火神奇化青碧，
天地秀雅展玉盘。
百般神韵疑清梦，
流恋自觉身成岩。

■ 2006年9月

论　艺

东楼偶晤论雌雄，
秋晚云深日融融。
金笺龙蛇舞狂影，
玉板燕雀鸣花容。
入得围城多歧路，
徘徊郊野更成空。
邯郸学步两难事，
成否都落笑谈中。

■ 2006年11月

寄 友 人

下笔时难意亦难，
仿佛行走荆棘间。
自有倾城佳人貌，
尚缺名门气若兰。
星河灿烂一舟往，
橹击苍茫几人先。
扶摇乘风一日起，
南溟辽阔舞波澜。

■ 2007年1月

赴澳洲乘机行

凌波展微步，
乘鹏九天翔。
千幻云山路，
百转河色光。
热风化寒雪，
南国思北乡。
悠忽万余里，
洋流澜苍苍。

■ 2007年1月

咏 紫 牡 丹

远来伊水上，
长揖紫贵人。
身着锦花绣，
气吐五色云。
玉盏明青野，
星眼傲红裙。
异彩开春色，
娴雅独立群。

■ 2007年4月

再访红旗渠

还是林滤一坡山，
红渠精神总新鲜。
盘龙飞彻白云岭，
旭日长照青石关。
手把寒岩觉骨劲，
眼望春水感心弦。
举杯邀我品春韭，
琴曲松风笑山前。

■ 2007年4月

登林州王相岩山未顶而返作

王相岩山龙虎屯，
自古青气贯如今。
几处桃李明绿水，
一派青茵暗红尘。
铁索悬桥云将渡，
岩壁陡阶风有痕。
心有壮志体无力，
且将春山入茶樽。

■ 2007年4月

清　　明

——忆姥姥

清明未即雷阵阵，
天上人间共思亲。
飘飘轻雨潇潇洒，
柔柔柳叶青青分。
墓前一注彻底香，
心海百迭故事纹。
飞去黄鹤有无迹，
何故夜夜入梦魂。

■ 2007年4月

题安阳殷墟袁林

殷墟袁林咫尺遥，
一样柳色映宫桥。
战车千辆排铜鼎，
皇冕一项淫色骄。
纣王昏聩国遭灭，
将军称帝身自消。
手捧两卷书细读，
磨戟杜郎辨前朝。

■ 2007年4月

盘　古

大梦不知年，
未识宇宙颜。
心储万钧火，
欲燃百尺焰。
持斧向混沌，
轻浊为地天。
从此万物生，
山川景物妍。

■ 2007年5月

夸父追日

飞光凌朝阳，
日日东西行。
昼夜凭分割，
万物藉此丰。
疑惑常登台，
探究坐相冥。
徒步探山海，
化林继后生。

■ 2007年5月

女娲补天

火山忽喷发，
天熔满尘埃。
冶炼五色石，
锻铸九重材。
踏云巧织锦，
行歌抒情怀。
功成一挥手，
满天星斗彩。

■ 2007年5月

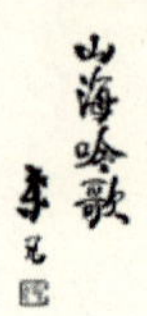

鲲　　鹏

大鸟自南来，
日夜不停歇。
渴饮苍梧水，
饥餐碧竹月。
翅垂南海云，
志凌太行雪。
下有腐鼠鸟，
对空鸣夜夜。

■ 2007年5月

愚公移山

王屋依太行，
苍茫无边际。
出行踏白云，
入涧复攀壁。
镐开千峰山，
血尽子孙继。
困境唯奋斗，
方有新天地。

■ 2007年5月

老　父

老父本性知者仰，
儿女共贺高举觞。
戎马半生惊风雨，
心血一腔下长江。
海畔尖山猛虎渡，
朝雾夕晖飞鹰扬。
拔剑敢击阎罗头，
仗义不惧已身伤。
国开大庆党同心，
勤劳百姓步春芳。
闲暇唯喜读书事，
工余只愿棋枰长。

佛心常备善中善，
铁骨敢称强中强。
修得慈眉福如海，
锻炼体宽寿自康。
老妈辛苦一辈子，
恩爱相伴百年堂。
回首欣留一串笑，
从来不曾谋稻粱。
留有遗憾一寸短，
恨不双肩扛鼎梁。
儿女今天共品读，
方知毕生是华章。
山川吟咏共祝寿，
天地为之久低昂。

■ 2007年5月

游龙门石窟

依山修佛百十龛，
千年流传具壮观。
洛水一涧明可镜，
春风万脉和为缘。
洗心拾阶争登顶，
举目俯瞰面大千。
慈悲长怀终成佛，
座下莲花却尘廛。

■ 2007年5月

航天空间站

摇曳几万里，
横亘太空中。
窗临银河月，
门罗星斗径。
坐立虚幻境，
出行似飘萍。
儿时童话梦，
如今身可行。

■ 2007年6月

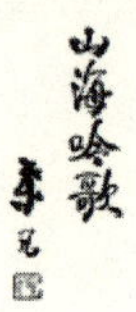

偶　　题

艺术形制如沐春，
生到熟时方识真。
最是品相高格调，
难得本质富诗魂。

■ 2007年6月

习　书

临罢法帖百千篇，
然后写来是己颜，
朝霞明月含诗韵，
峭壁横斜峙九天。

■ 2007年7月

海　畔

苍茫海畔有雷霆，
天外胸中两飞鸣。
银浪阳光欣万里，
翩翩海鸥放歌行。

■ 2007年7月

咏　莲

莲叶大如盘，
青光白鸟欣。
天风叶倾水，
满月花迎君。
错落领风雅，
摇曳韵清新。
可为陋室铭，
高洁贯古今。

■ 2007年8月

黄龙景区行

一路迤逦上云峰，
缺氧方知险途重。
密林深涧听流水，
佳景幽气坐和风。
五彩池展五彩翼，
百寻山现百寻虹。
仰天叩响仙女门，
轻纱罗裙雨花容。

■ 2007年10月

三 峡 放 歌

2007年10月游览三峡。望江山之悠悠，寻历史之青波，歌秀美之景，书浩然之色。

峡江短句

一

晚辞川渝灯火处，江船夜坐静听风。
错落山影一轮月，敢说胸襟无新声。

二

古人为赏明月色，泛舟荡桨溪湖边。
我访三峡青天夜，千浪巧将月来叠。

二

北客初惊江水碧，船行复讶楚山青。
寥廓天风吹秋雨，翱翔双鸥动诗情。

■ 2007年10月

三峡放歌

一

巴蜀彩云里，途险重重关。
急流绿川峡，旭日红江天。
风碎花瓣雨，浪摇松岚山。
源头何处是，明月雪山巅。

二

波涛吐珠玉，鸥鸟飞情怀。
云化烟散去，雾凝雨复来。
野风吹碧林，重山隐城台。
小舟石阶下，江中独徘徊。

三

独坐甲板上，领略大江风。
涛行千里远，景入万卷中。

城因山川秀，云由奇峰生。
古来多贤俊，对此身自躬。

四

晚读江月明，晓吟山泉喧。
弃船睹风物，攀岩揽飞烟。
云下江山秀，古多诗篇传。
侧耳听猿啼，清风卷云澜。

五

丛山耸日月，林鸟吐清幽。
晴川开远目，碧波送行舟。
天风云袅袅，江山望悠悠。
当此羡舟子，平生付江流。

■ 2007年10月

昭君故居

峡江有支流，
迤逦群山间。
水波漾碧雪，
窈窕尽姝颜。
云影江中浮，
昭君岸边住。
柔情生侠骨，
绿荫大漠处。

■ 2007年10月

屈　原　祠

江畔锣鼓喧天地，
乡民古装迎客行。
依山伴水屈原祠，
涛声谁人不动情。

■ 2007年10月

白 帝 城

白帝城阙望江涛，
万片雪浪岩上飘。
自古雄险从此始，
今日新城筑云霄。

■ 2007年10月

丰　都　城

船泊岩壁下，
登岸采云涛。
山依川流险，
地耸亭宇高。
绿丛开石径，
花明映飞桥。
丰都秀若此，
何来鬼神嚣。

■ 2007年10月

古　蜀　道

一

蜀道开绝壁，下临急江湍。
风生胆望怯，浪拍步举艰。
何人开鸟道，鸟道开何年。
险绝莫如此，今知蜀道难。

二

涛涛江水上，鸥鸟唱风声。
注目两岸崖，惊心一壁狰。
欲试蜀道险，难与登云空。
古来多沮丧，今人豪情生。

■ 2007年10月

江 畔 新 城

新城翠色里，
摇撼俯江涛。
崇山远遮护，
峻岭着新高。
日抚琵琶颈，
云舞蛮女腰。
想象楼宇中，
往来仙姿飘。

■ 2007年10月

小　三　峡

一

天开长江雄姿阔，山转清幽小三峡。
水摇梦幻轻粉蝶，风推波纹敲野崖。
鸟梦堪被岩猴扰，鱼舞偏逢凫鸭狎。
举目白云缓缓处，峰高岩峻无人家。

二

一峡开处水生颜，青山跳入碧水潭。
长涧阴晴白云渡，深峡清幽红日寒。
黠趣轻风动山色，古怪草木雕晴岚。
竹筏滑过回声里，岩头情歌谁人传。

■ 2007年10月

江畔四子歌

三峡游，记忆最多的是李白、杜甫、苏轼、陆游，故歌之。

一

怀抱穿峡去，千里一帆间。
诗名百代后，明月照江山。

二

烟尘入川蜀，流水浣花畔。
心忧天下士，茅屋歌为难。

三

采浪赤壁矶，举酒对月弦。
铁板歌无尽，大江东不还。

四

峥嵘剑阁道，险绝筑雄关。
九州悲不同，幽香涧底寒。

■ 2007年10月

苏轼读书处

东坡读书处，
峨然九尺台。
飞檐展高翅，
书堂向宇排。
风摇三江水，
浪险一帆徘。
重山匡天地，
宏途入胸怀。
闲步踏流云，
卧花拂莓苔。
吟咏屈子诗，
感慨杜甫才。
悠然品陶潜，

豪放饮太白。

峨嵋天下秀，

紫气东南来。

飞流出川峡，

豪气扫阴霾。

■ 2007年10月

成都杜甫草堂

千里朝诗圣，
缓步暮云芳。
柳影花吟蝶，
水涟鱼喋香。
幽独思新宇，
清寒目长江。
秀色暂舒颜，
浊酒倍凄凉。
依杖南山松，
咏诗北鸟翔。
唯寄孺子心，
怅对茅草房。
人人随举目，

处处显敬仰。

忽觉山门开，

诗人步夕阳。

举毫书江山，

天祥地自康。

■ 2007年10月

海　　岸

一

独立海岸水云翻，银涛盛开白牡丹。
千态百媚观不够，任其飞来绣衣衫。

二

海风银沙石半埋，俯拾细问海底来。
碧涛汹涌几万里，如何踩浪破云台。

■ 2007年12月

桃 花

一

三月踏春桃林中，花翅如蝶展云空。

东风从来无颜色，何以着花便成红。

二

桃花满空染流云，恍若太白醉后身。

仰天抛洒玉液酒，漫天花雨香可闻。

三

赏花莫入桃花林，缤纷枝头乱眼眉。

只取一株青野看，娇若万叠月流痕。

■ 2008年3月

寄闲居作

三月花芳菲，
君子踏春归。
鬓毛挂芽柳，
灵台卷云飞。
举盅溪水溢，
凝望春山晖。
闲居独心悦，
浮躁久相违。

■ 2008年3月

浴　　火

——写在汶川地震

地动山摇疑天倾，
骨内星散幻远征。
幽幽群峰泣暮雨，
滔滔江河哀晚风。
融融爱心芳草绿，
烈烈热血孤云红。
四海注目华夏处，
浴火凤凰重又生。

■ 2008年5月

母　爱

在汶川大地震中，一位母亲用自己的身躯，为孩子筑起坚实的掩体，并在手机上留言：亲爱的宝贝，如果你能活着，一定要记住：我爱你。

三月春草发，
阳光照翠微。
慈母抱婴乳，
星波眼中飞。
期盼初学语，
绕膝笑靥偎。
寄望成人后，
术业有光辉。
突遭天地震，

山崩楼俱灰。
躬身筑爱巢，
安稳任山颓。
护得小娇儿，
酣气犹自吹。
只恨爱时短，
迸血敞心扉。
安详复坚定，
九死犹不悔。
大爱形可触，
柔能万物摧。
谁言寸草心，
报得三春晖。

■ 2008年5月

野 草 吟

田间野草生，
摇曳不知名。
勃发倾姿色，
悠然赋雅情。
淅淅夏日雨，
怯怯秋苗青。
十月禾登场，
野草寻无踪。

■ 2008年6月

七月二日黄河急浪前口占

涛涛黄河水，
欲酹高举觞。
烟波拨红日，
雾岚笼华光。
金鲤畅东海，
风龙游八荒。
击楫中流去，
英气谁家方。

■ 2008年7月

七月二十二日为自己生日歌

昨夜雨复雨，
今夕阴云密。
高风吹雨星，
翻落神仙子。
手牵白毛犬，
心爽绿竹语。
欣然寻诗韵，
独寿天地兮。

■ 2008年7月

咏　石

万古洪荒铸铁颜，
媸妍美丑各由天。
慧眼识得真本色，
各具异彩炫人间。

■ 2008年7月

咏　竹

九天龙孙落世间，
溪畔山岩自生烟。
满斛天风翻涛碧，
一声鸟语脆云笺。
直节千古入书页，
柔情百种向人前。
昨夜雨过色更翠，
折取一竿比心颜。

■ 2008年7月

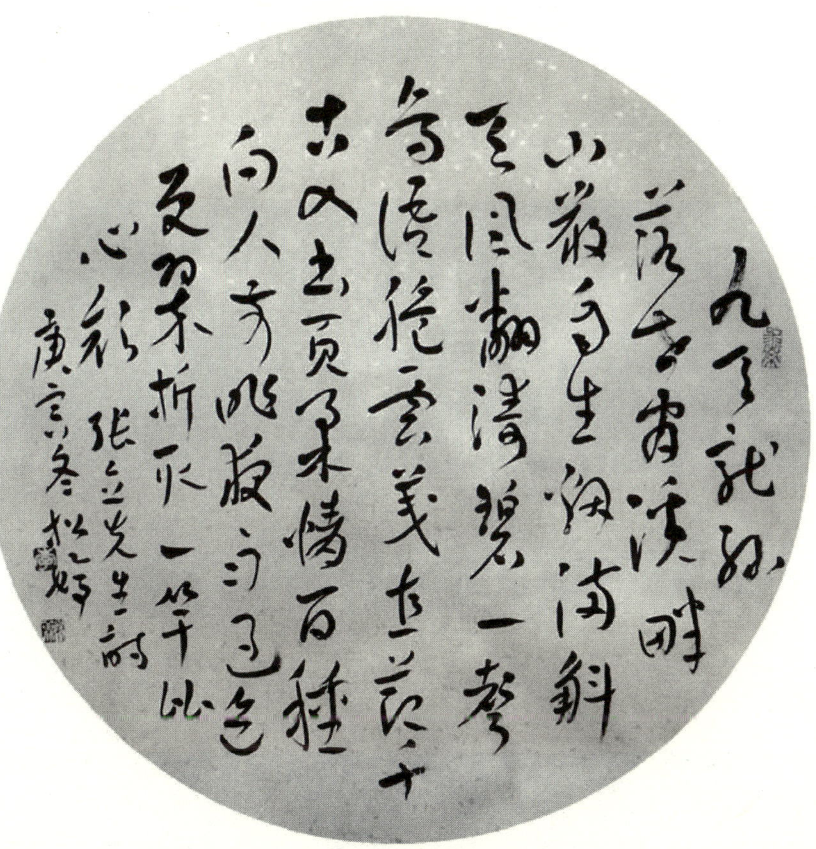

赴五台山中

山路难睹青鸟旋，
相映陡壁峡长天。
石溪琵琶随心语，
清岚文章对面谈。
处处岩生莲花座，
顿觉山相具庄严。
微风细雨空山净，
云外梵音导我前。

■ 2008年7月

午睡酣然不知雨过戏题

午后辗转困欲眠，

浑然入梦乱云烟。

足睡起看阵雨过，

方知梦变龙出潭。

■ 2008年8月

清　泉

一

深山有清泉，
倾泻白云端。
上掀百尺风，
下瀑万丈湍。
浑然不知惧，
凌空势浩然。
湍流雪如画，
气冷涧生寒。
轰鸣在山谷，
曲折奔雄川。

二

我来睹佳绝，
缘溪登层岩。
急流明山径，
浓木暗天连。
缕缕乱分石，
喧喧静生潭。
腾浪飞素月，
碎石涌星关。
心轻如骑鸟，
水鸣好参禅。
晶莹一束流，
取洗白云天。

■ 2008年8月

江西大鄣县盘龙谷记景

一

湿翠缘溪行，处处水鸣筝。
绝壁流潺湲，天阶瀑生风。
险谷乱石阻，溪流竞相通。
树藤浓遮月，隙中见白虹。

二

我来盘龙谷，匆匆复忙忙。
何如古人趣，长住采青阳。
掬水清心腑，听鸟文思长，
骑鹿山中去，长啸自徜徉。

■ 2008年8月

盘龙溪谷吟

昨夜月中梦清溪，
今晨迈步盘龙溪。
空鸟鸣雀入翡翠，
流云清风正相宜。
抬脚入溪口，
处处水漓漓。
上有溪，下有溪，
左有溪，右有溪。
我来正逢秋雨落，
漫山碧叶皆悬溪。
山飞泉，地涌泉，
树横泉，石流泉，

溪泉湍湍天地闲。
天倾瀑，瀑挂岩，
小桥飞架处处泉。
山葱茏，水世界，
乾坤处处水液液，
漫步石阶情惬惬。
古藤缠佳木，
湿翠浓遮天。
秋凉出石穴，
兴高攀岩巅。
低头侧身缘溪上，
却望谷底涛如雪，
大石小石乱山涧。
砰然起轰鸣，
复又细潺湲，
天地之琴妙手弹。

登顶处，云外天，

峥嵘尽，龙盘山。

我来涉清溪，

却歌清溪水。

只怕清溪人，

怪我此一举。

■ 2008年8月

鼓浪屿记行

银珠光耀金波海，
椰岛绿耸白银滩。
虹桥骑浪仙人渡，
快艇追风游客恋。
苍茫万里谁能越，
海畔小筑望涛喧。

■ 2008年9月

武夷山重阳溪漂流歌

武夷山岩尽奇特，
九曲溪流涟玉色。
登罢山巅味无尽，
重阳溪中揽清波。
款款清溪自成碧，
波弄云影迤天际。
依峰绕崖浩荡荡，
青山绿树影历历。
兴高乘舟溪中行，
身与自然已交融。
阳为帆，风为翼，
人心脱束水中鱼。

挟碧浪，摇天地，
清浪清歌始相继。
白鹭青山互动静，
长啸声歇回音续。
急流脱奔马，
心怯忽惕惕。
突遇礁石阻，
惊呼声不已。
人人溪流一片浪，
清澈相迭如珠玑。
相邻游艇隔波戏，
欢笑随流绕山溢。
平日矜持态，
今归自然趣。
面纱除，假象去，
人人心灵碧如滤。

无戒备，各天趣，
尊卑高下无人记。
多少英雄豪侠客，
当此情景做何忆。
冲波十里船靠岸，
心如蛱蝶难自许。
采撷一朵银碧浪，
结成水晶花别衣。
波中歌鼓永难忘，
从此怀抱清如溪。

■ 2008年9月

白　　露

白露飒然至，
秋风带雨新。
曦雾河融日，
田野绿垂金。
广袤秋硕硕，
农家日欣欣。
俯身撷野草，
叶叶有明心。

■ 2008年9月

晓　　日

秋来气高爽，
晓日和风长。
波扬绿野动，
鸟飞白羽光。
双休堤外去，
密林叶初黄。
抱膝独悠闲，
坐拥天下阳。

■ 2008年9月

茶　　歌

门外春山红岩媚，
九曲溪水绕翠微。
山间生茶历千年，
亍肆茶舍三百泉。
洗盏烫壶声有闻，
云飞雨落满山林。
一杯酽茶入喉处，
肺腑嫩芽吐新金。
斗茶儿女身手健，
舞壶翻盏闪如电。
赞喝声中眼花乱，
品评香茗唠茶道。

滚滚生意水中跳，
溪畔老者精神抖。
高龄询问九十九，
一生嗜茶不离手。
憩坐依窗山水侧，
茶香袅袅欲人眠。
山间轻云逐溪水，
云外斜阳生岚烟。
至今常忆斯时景，
趣看沉浮杯中天。

■ 2008年10月

山中轿夫

一山榻卧天外烟，
奇峰峭岭霜满天。
踏险峻，揽云风，
游客八方兴浓浓。
松林岩畔传笑语，
千尺刀阶绝笑容。
身疲腿软力已竭，
佳景飞泉更望险绝中。
山中轿夫依岩坐，
个个面如岩石色。
眼中坚毅肌骨悍，
膂力雄身山可错。

乘乘滑竿扛脊背，
赤心祈望多载客。
依人依此讨生活，
家人谁个不关情。
我来亦羡脚力健，
平稳矫捷胜岩猿。
青衫湿透额角汗，
人人避让俱无言。
涧底欢呼飞泉落，
欣然急湍涌千帆。
天已晚，寒雪渐，
游客已无鸟欲眠。
轿夫三二步暮烟，
归程唯伴一岭松壑一峰岩。

■ 2008年11月

山 中 草

山野一株草，
春和冬凛暴。
云中生石罅，
雨岚顾峰峭。
雪压一丝青，
冰化千空笑。
飞岩白瀑下，
青色漪怀抱。

■ 2008年11月

井 冈 山

陡然天脉起峦川，
万壑千峰自壮观。
林深竹密笑冰雪，
岩硬石坚撼狼烟。
险峰益张伟人志，
缺处斜渺庸者憨。
三分青气难凭运，
巨掌挥处重重山。

■ 2008年11月

井冈畅想

八百井冈气势雄，
丰功星火照天红。
泥腿从来敢革命，
梭镖更无怕刀丛。
穷乡僻野有民心，
翻天覆地属工农。
赣江风云浪澎湃，
船行须扬此山风。

■ 2008年11月

庐山步行至三叠泉途中

未乘轨道践千阶，
只为轻行景致别。
寻芳探幽兴未尽，
足软身疲力已竭。
遥空怅望泉何在，
心萌悔意愿回折。
悄语飞泉一步是，
转身难免憾百叠。

■ 2008年11月

庐山三叠泉瀑布

庐山瀑布相天斜，
高崖三断呈三叠。
连云作势亟酣畅，
拔岩破石飞佳绝。
涧底涛腾龙马俊，
胸中情却鸟雀别。
诗仙太白惜未到，
佳酿谁携吟高洁。

■ 2008年11月

红　叶

红叶炫云天，
秋深落青岩。
取看红胜火，
尽碎身亦丹。

■ 2008年11月

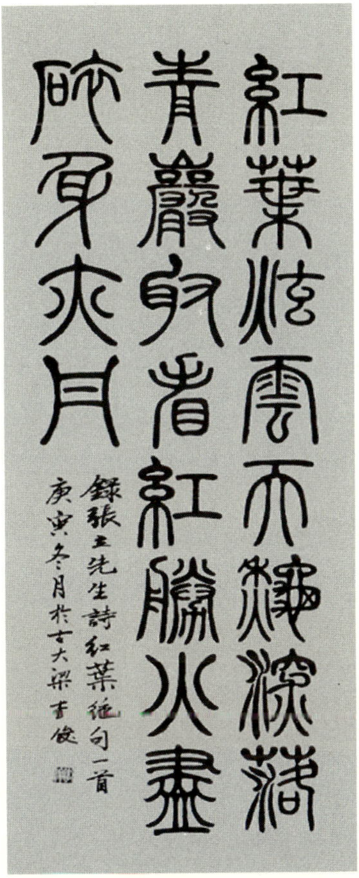

紅葉枯零不繽淡落
青巖郎者紅勝火盡
所見夜月

錄張土先生詩紅葉絕句一首
庚寅冬月於古大梁 書俊

山　风

山风万丈八千长，
颠倒天地怒且狂。
放眼秋光色朗朗，
高岩青绿搏浪忙。

■ 2008年11月

文　竹

青青弱袅袅，
楚楚自生烟。
若移高山处，
铁节百千关。

■ 2008年11月

江西婺源村中茶肆

村落青青崖，
崖顶薄薄雾。
云外落山泉，
款款绕村屋。
肆在村中开，
茶自深山出。
汲流自煮香，
碧澈满陶突。
游客欣相品，
洗怀清尘土。
流水著琴音，
青山媚起舞。
此中农家趣，
妙在山水渚。

■ 2008年11月

庐 山 四 首

一　庐山青杉

涧底青杉百尺高，潇潇摇曳云海涛。
纵横峭岩盘根基，俯看青山几处高。

二　含鄱口遇大风

漫山高下翠苍苍，百尺直干争阳光。
含鄱口上风千顷，青杉笑与云飞扬。

三　庐山晚归

云空苍翠不欲归，身如轻蝶穿林飞。
淡淡秋光日色里，晚雾凝雨落声微。

四　庐山瀑布

眼中奇峰万千端，飞泉源自素心间。
喷薄涛涌白如雪，敢说豪迈前人边。

■ 2008年11月

婺源印象

一

摇曳修篁三两山，源头活水自云天。
见田小筑且放眼，平舍青田斜雨烟。

二

葱茏山色绿芭蕉，一派空濛雨丝飘。
竹筏咿呀入村去，白屋连山韵亦高。

三

家家门前小桥横，农樵往复踩涛行。
夜深枕流酣梦里，一窗天星洗分明。

■ 2008年11月

风　中　林

村外风口处，
种有一方林。
树身多幼小，
风急肆相侵。
体倾半弯曲，
枝残存断痕。
唯有根在地，
掘土如攥金。
意念坚比铁，
铸炼不死身。
今从此处过，
感触万千深。

■ 2009年3月

天山牧马图

牧马天山上，
绿野雪茫茫。
举目冰峰近，
回首青山长。
马群随处是，
鹰隼独自翔。
途逢牧马客，
人马英气张。
奔腾有急流，
日夜响千嶂。
雪寒染天气，
肺腑透清凉。

六月河畔柳，
风中正舒畅。
平原长住者，
谁能发奇想。

■ 2009年6月

天山天池游

日上玄鹰背，
雪光千嶂明。
群峰卷荷叶，
一珠滚天星。
细风凝波漪，
雍容王母行。
高崖绝尘气，
自然生芳容。

■ 2009年6月

湄州岛歌

缥缈仙山只耳闻，
谁知却在湄州滨。
千手海风弹青浪，
并翅白鸟鸣涛音。
青山蚌开烟峰处，
碧海鲸吐珍珠云。
片片海浪仙人种，
大如荷叶阔如席。
赤脚童心踏浪阶，
可访仙家明窗几。
空中浪碎玻璃声，
朵朵晶莹玉雕成。
躬耕海风开云浪，
海畔种有万顷蚌。
凌光旭日初照海，

浪尖珍珠亿万点。
云中仙女来割蚌，
彩筐盈盈满珠光。
夜半起晾颗颗珠，
漫天星斗月轮浮。
忽然倾盆雨如注，
黎明空飞七彩图。
且踏虹桥弃船访青山，
岸边信鸽破水烟，
哗然飞向光明巅。
福寿马祖数百年，
海外聚拜千艘船。
山中白鹿下飞泉，
方知马祖为先贤。
我愿随波海上往，
闲踏白云卧海浪。
手挥玄鸟赤霞光，
松下云里茗茶香。

■ 2009年6月

晨练戏歌

黎明即起身，
遛狗亦遛人。
双双田野上，
迈步踏流云。
清风歌草木，
云影动水纹。
弦月隐残迹，
旭日初明晨。
方过青溪塘，
复赏碧野林。
悄语白犬戏，
长啸惹天邻。

我跑犬瞪眼，
我停犬伤心。
汗出驱暑热，
气蒸远器尘。
谁识此中意，
不解是路人。
我心神飞扬，
天道自然亲。
日日得佳趣，
魂入神仙樽。
养生更健体，
百年不老身。
千里青青野，
浩歌谁与闻。

■ 2009年8月

西域新城

秋初西向行，
欲览雪山晴。
西北苦寒地，
自古使人兢。
昏昏我欲睡，
惊呼望新城。
天青湖酿白，
山晴云逐风。
高楼开新宇，
春色盎然生。
飞桥落河涧，
云路曲山径。

炼油座座塔，
轰鸣处处声。
暮色临风降，
银花耀天明。
容颜羞月色，
精神树长青。
欲掬天边雪，
拭洗旧时晴。

■ 2010年9月

可可西里山抒怀

喷薄激情久已无，
雅韵已抛付平芜。
今来可可西里山，
诗情勃发与日出。
苍凉驰高原，
冰雪叠天峰。
雄姿惊寥廓，
万里舞高风。
蓝天碧海里，
明光夺目睛。
山顶浮奇云，
破茧向空腾。

缥缈纷变化，
状若神仙生。
雪溪山脚急，
野势随纵横。
踏雪矫羚羊，
击风任天鹰。
我心独踊跃，
欲追鹰羊行。
飞天捕奇云，
乘风踏玉冰。
无边情愫高原上，
人间由来须此景。
高原我自赏冰雪，
凡夫俗念抛无踪。

■ 2010年9月

藏区牧场

和风草芽齐，
连山绿锦毡。
雪溪入秀湖，
峰云吐奇烟。
寂寂人无迹，
悠悠牧长天。
牛羊漫碧野，
任由雨雪寒。

■ 2010年9月

云台山小村

本在深山穷未闻，
旅游惹红小山村。
农舍旅馆雨后笋，
乡村饭店岩畔林。
飞泉畅怀笑星月，
灯火纵情跳青春。
夜深未闻鼾声起，
客在摊头挤如云。

■ 2010年10月

塞外秋望

离离草色黄中绿，
密密林风淡淡扬。
塞外空云秋光渡，
西山斜阳峰影长。
遥天普度清凉寺，
金沙新焚鼎炉香。
山怀平川一望碧，
横翅孤鹰自在翔。

■ 2010年10月

雁 门 关

莽山海望阔，
峰峦凝涛痕。
雄关镇塞北，
城阙惊客心。
百年碑文在，
千载路基存。
一径穿天堑，
幽思秋云深。

■ 2010年10月

暮雨望山

高天细飞雨，
卧山孤不群。
峡涧深藏蛟，
奇峰峙雨云。
吞吐高崖烟，
变化九天冥。
烟峦掩归鸟，
天色下深林。

■ 2010年10月

风　筝

一线晴明牵曙空，
青野云气动和风。
姿彩天宇炫灿烂，
逸兴秋景任淡浓。
剪却束缚空自远，
飘出浪漫叶正红。
我欲也成放筝人，
纵情飞越几万重。

■ 2010年10月

秋月山行

秋月我自登岚山，
折折山径步顶巅。
赤岩绝壁千尺深，
晴日层峦万丈翻。
揽撷秋色思须静，
拨冗山岳心宜闲。
红叶尚未纷吐彩，
逸情破岩已成泉。

■ 2010年10月